La sumisa

F. M. DOSTOYEVSKI

La sumisa

Relato fantástico

Traducción del ruso
de Juan Luis Abollado

Galaxia Gutenberg

Título de la edición original: *Кроткая*
Traducción del ruso: Juan Luis Abollado

Publicado por
Galaxia Gutenberg, S.L.
Av. Diagonal, 361, 2.º 1.ª
08037-Barcelona
info@galaxiagutenberg.com
www.galaxiagutenberg.com

Primera edición: octubre de 2022

© de la traducción: herederos de Juan Luis Abollado, 2022
© Galaxia Gutenberg, S.L., 2022

Preimpresión: Maria Garcia
Impresión y encuadernación: Romanyà-Valls
Pl. Verdaguer, 1 Capellades-Barcelona
Depósito legal: B 12855-2022
ISBN: 978-84-19075-78-9

Cualquier forma de reproducción, distribución, comunicación pública
o transformación de esta obra sólo puede realizarse con la autorización
de sus titulares, aparte de las excepciones previstas por la ley.
Diríjase a CEDRO (Centro Español de Derechos Reprográficos)
si necesita fotocopiar o escanear fragmentos de esta obra
(www.conlicencia.com; 91 702 19 70 / 93 272 04 45)

Aclaración preliminar

Pido a los lectores me disculpen si esta vez les ofrezco sólo un relato breve en lugar del «Diario» en su forma habitual. Pero este trabajo me ha absorbido en realidad gran parte del mes. En todo caso, les ruego sean condescendientes.

Aplico al relato el nombre de «fantástico» a pesar de considerarlo real en alto grado. Sin embargo, algo hay verdaderamente fantástico en su forma, y considero necesario aclararlo previamente.

El caso es que no se trata ni de un relato ni de unas memorias. Imagínense a un marido que tiene ante sí, sobre la mesa, a su esposa, la cual se ha suicidado arrojándose por la ventana. El marido se encuentra aún aturdido, todavía no ha tenido tiempo de concentrarse. Va y viene por las habitaciones de su casa esforzándose por hacerse cargo de lo ocurrido, por «fijar su pensamiento en un punto». Además, es un hipocondríaco empedernido, de los que hablan con ellos mismos. También en ese momento está hablando solo, cuenta lo sucedido, se lo aclara. A pesar de la aparente trabazón de su discurso, se contradice varias veces a sí mismo, tanto por lo que respecta a la lógica como a los sentimientos. Se justifica, la acusa a ella y se sume en explicaciones tangenciales en las que la vulgaridad de ideas y afectos se junta a la hondura de pensamiento. Poco a poco va *aclarando* lo ocurrido y concentrando «los pensamientos en un punto». Varios de los recuerdos evocados le llevan por fin a la *verdad,* la cual, quiera o no, eleva su entendimiento y su corazón. Al final cambia incluso el tono del relato, si se compara con el desorden del comienzo. El desdichado descubre la verdad bastante clara y de perfiles concretos, por lo menos para sí mismo.

Este es el tema. Claro, el desarrollo del relato dura varias horas, con desviaciones e interferencias, y de manera confusa, pues ese hombre a veces se habla a sí mismo y otras parece que se dirige a un oyente invisible, a un juez. Así ocurre siempre en la realidad. Si fuera posible oírle y hacer que un taquígrafo anotara sus palabras, el relato obtenido sería algo más deshilvanado que el mío, algo menos acabado; pero, según lo que se me alcanza, la ordenación psicológica sería, quizá, la misma. Llamo «fantástico» al presente relato precisamente porque presupongo la existencia de un taquígrafo que lo anota todo (después yo retoco lo escrito). Reiteradamente artificios semejantes se han admitido en la literatura. Victor Hugo, por ejemplo, en su obra maestra *El último día de un condenado a muerte*, recurre casi al mismo procedimiento, y si bien no presenta a ningún taquígrafo, admite un hecho todavía más inverosímil al suponer que el condenado a muerte puede escribir sus memorias (y tiene tiempo para ello) no sólo durante su último día, sino incluso durante la última hora y, literalmente, durante sus últimos minutos. Pero sin haber admitido semejante fantasía, no existiría la obra, la más real y veraz de cuantas ha escrito.

CAPÍTULO PRIMERO

I

Quién era yo y quién era ella

Mientras esté ella aquí, menos mal: me acerco y la miro a cada instante, pero mañana se la llevarán. ¿Qué me ocurrirá al quedarme solo? Ahora se halla en la sala, sobre dos mesitas cuadradas juntas. Mañana traerán el ataúd, un ataúd blanco en gros de Nápoles, pero no es esto... No hago más que ir de una habitación a otra y quiero explicarme lo sucedido. Hace ya seis horas que pretendo explicármelo y no soy capaz de concentrarme. No ceso de estar dando vueltas sobre un mismo lugar... Las cosas han ocurrido del modo siguiente. Lo contaré por orden. (¡Orden!) Señores, no soy un literato ni mucho menos, ustedes mismos se dan cuenta. Pero no importa, explicaré las cosas tal como yo mismo las comprendo. ¡Oh, sí, las comprendo muy bien! ¡Esto es lo terrible! Si quieren saber ustedes... es decir: comenzando por el principio he de decirles que ella venía sencillamente a empeñar objetos a fin de pagar el anuncio publicado en *La Voz* de que una institutriz estaría dispuesta a salir de viaje, a dar clases particulares, etc. Esto era el propio comienzo y yo no la distinguía de las demás: venía, como todas, etc. Luego comencé a diferenciarla. Era delgadita, rubia, de mediana estatura, aunque más bien alta que baja, un poco torpona, como si se desconcertara al hallarse ante mí (me figuro que lo mismo le pasaba con todas las personas desconocidas, y, naturalmente, lo mismo le importaba yo que otro, como individuo se entiende, no como prestamista). Tan pronto recibía el dinero, daba la vuelta y se marchaba sin decir palabra. Otras discuten, ruegan, regatean para que se les dé más. Esta no, se conformaba con lo que le daban. Me parece que lo confundo todo... ¡Ah, sí! Me sorprendieron en primer lugar los objetos que traía: unos pendientes de plata dorados, un medalloncito de poco precio, objetos de a perra gorda. Ella sabía perfectamente que su coste era ínfimo, pero yo veía en su rostro que para ella aquellos objetos eran auténticas alhajas. En efecto, luego supe que aquello era cuanto le quedaba de sus papás. Sólo una vez me permití reírme un poco de sus objetos. He de decirles que nunca me permito hacerlo, me comporto siempre como un *gentleman:* pocas palabras, cortés y severo. «Severo, severo y severo.» Pero una vez se me presentó con los restos (en el sentido literal de la palabra) de una vieja chaqueta de piel de liebre y me dejé llevar por el deseo de gastarle una broma. ¡Dios mío, de qué modo se sonrojó! Tenía los ojos azules, grandes, soñadores, pero ¡cómo se le encendieron! No dijo ni una palabra. Guardó sus «restos» y se fue. Entonces la observé por primera vez de modo *especial* y me sugirió un pensamiento también de un género especial. Sí, recuerdo la impresión que me produjo, si quieren ustedes, la impresión principal, la síntesis de todo: era tan joven que parecía tener catorce años. En realidad sólo le faltaban tres meses para cumplir dieciséis. Pero no es esto lo que quería decir. En verdad la síntesis no radicaba en esto. Al día siguiente volvió. Más tarde supe que había llevado la chaqueta a la tienda de Dobronrávov y a la de Mozer; pero en esas casas no aceptan más que oro, y ni siquiera quisieron hablar de aquella prenda. En cambio yo le había aceptado una vez una piedra (de muy poco valor), aunque luego, al recapacitar, me sorprendí: yo tampoco acepto nada que no sea oro o plata, y de ella había admitido una piedra. Era el segundo pensamiento que me sugería. Lo recuerdo.

Esa vez vino de la tienda de Mozer con una boquilla de ámbar, un objetito que no estaba mal, de interés para un aficionado a las boquillas, pero sin valor para nosotros, que aceptamos únicamente oro. Como quiera que se me presentó después de la *rebelión* del día anterior, la recibí con cierta severidad. Ser severo significa, para mí, tratar a las personas secamente. No obstante, al darle a ella dos rublos, no pude contenerme y le dije con cierta irritación: «Esto lo hago *por usted,* Mozer no le aceptaría cosa semejante». Subrayé de modo especial las palabras *por usted,* dándoles *cierto sentido.* Era maligno. Se puso otra vez como la grana al oír *por usted;* pero se calló, no rechazó el dinero, lo tomó. ¡Lo que significa ser pobre! ¡De qué manera se sonrojó! Comprendí que la había herido. Cuando ya estuvo en la calle, me pregunté de pronto: ¿es posible que esta victoria valga dos rublos? ¡Ja, ja, ja! Recuerdo que me hice la pregunta dos veces: «¿los vale?, ¿los vale?». Y me respondí, riendo, afirmativamente. Me reí mucho, pero no me movía ningún mal sentimiento. Yo obraba con intención, con cierto designio; quería ponerla a prueba, pues de improviso me bailaron por la cabeza algunas ideas acerca de ella. Este fue el tercer pensamiento *especial* que me inspiró.

... Con eso empezó todo. Naturalmente, procuré enterarme enseguida por tercera persona de todas las circunstancias, y esperaba su vuelta con especial impaciencia. Presentía que iba a volver pronto. Cuando vino, me puse a hablar con ella con mucha cortesía, haciéndole muchos cumplidos. No en vano me han dado buena educación y me han enseñado buenos modales. ¡Hum...! Entonces adiviné que era buena y sumisa. Las personas buenas y sumisas no suelen resistir mucho tiempo, y si bien no se manifiestan abiertamente, no saben esquivar una conversación: son parcas en las respuestas, pero contestan tanto más cuanto más tiempo se habla con ellas. Lo que hace falta es que uno mismo no se canse, si necesita sacar algo en limpio. Claro está que entonces no me contó nada de sí misma. De lo de *La Voz* y demás, sólo me enteré más tarde. Se anunciaba gastando sus últimos recursos. Al principio, como es natural, con cierta soberbia: «institutriz, dispuesta a salir de viaje; mándense condiciones»; y luego: «dispuesta para toda clase de trabajos: dar lecciones, ser dama de compañía, encargarse de las faenas caseras, cuidar de los enfermos; además sé coser», etc. ¡Nada nuevo! No hará falta decir que todo eso se iba añadiendo a los anuncios en las sucesivas variantes. Al final, cuando empezaba a desesperarse, llegó a poner «sin cobrar nada, por el pan». ¡No, no encontró ninguna colocación! Entonces decidí probarla por última vez. Tomé de sopetón el número del día de *La Voz* y le mostré un anuncio: «Joven huérfana busca empleo de institutriz para niños de pocos años, preferentemente en casa de señor viudo, ya de edad. Puede ayudar en faenas caseras».

−¿Ve usted? Esta joven se ha anunciado hoy por la mañana y probablemente al atardecer ya habrá encontrado colocación. ¡Es así como hay que anunciarse!

De nuevo se ruborizó, se le encendieron los ojos, dio media vuelta y se fue enseguida. Me gustó mucho. Entonces yo me sentía muy seguro y no temía nada: nadie adquiriría las boquillas. Por otra parte, hasta las boquillas había terminado. A los tres días se presenta pálida, agitada. Comprendí que algo le había ocurrido en su casa, y así era en efecto. Ahora explicaré de qué se trataba, pero antes quisiera recordar que entonces me eché un farol y me crecí a sus ojos. Tal fue mi intención. Me trajo una imagen sagrada (decidió traerla)... ¡Ah, escuchen, escuchen! Ya he hallado el hilo de los sucesos, hasta ahora no hacía más que embrollarlos... Quiero recordarlo todo con detalle, por insignificante que sea. Quiero concentrar todos mis pensamientos en un punto y no puedo; estos detalles, estos detalles...

Era una imagen de la santa Virgen con el Niño en brazos, un icono antiguo, familiar. El vestido de la Virgen tenía incrustaciones de plata dorada. Valdría unos seis rublos. Me di cuenta de que la imagen tenía gran valor para ella, que pensaba empeñarlo todo, sin quitar el vestido con incrustaciones. Le digo: «Es mejor que quite el vestido y se lleve la imagen; porque empeñarla, al fin y al cabo..., ¿sabe?».

–¿Por ventura les está prohibido?

–No, no se trata de que esté prohibido; quizás usted misma...

–Está bien, quítelo.

–Verá usted, no lo hago; pondré el icono en un ángulo, con los míos, bajo la lámpara –dije después de reflexionar; desde que había abierto el negocio tenía la lámpara encendida ante las imágenes sagradas–, y tome diez rublos.

–No necesito diez, deme cinco y la desempeñaré sin falta.

–¿No quiere diez? La imagen lo vale –añadí al observar que sus ojitos brillaban de nuevo.

Se calló. Le entregué cinco rublos.

–No desprecie a nadie, yo mismo me encontré en estos apuros y aún peores. Si ahora me ve usted en este trabajo... esto después de todo cuanto sufrí...

–¿Se venga usted de la sociedad? –me interrumpió de pronto con una sonrisa bastante cáustica, aunque muy inocente (es decir, *ya* que entonces ella no me distinguía respecto a los demás y habló casi sin malicia).

«¡Caramba! –pensé–, ya aparece un nuevo repliegue de su carácter.»

–¿Sabe usted? –añadí enseguida, medio en broma y con aire algo misterioso–. «Yo soy una parte de aquella fuerza que quiere siempre el mal y hace siempre el bien.»

Me miró con curiosidad muy infantil, y me dijo:

–Un momento... ¿Qué idea es esta? ¿De dónde es? La he oído en alguna parte...

–No se rompa la cabeza. Con esas palabras Mefistófeles se presenta a Fausto. ¿Ha leído *Fausto*?

–No... no muy bien.

–Es decir, no lo ha leído. Hay que leerlo. Otra vez veo en sus labios una mueca burlona. Por favor, no crea que tengo tan mal gusto y que pretendo embellecer mi papel de prestamista haciéndome el Mefistófeles. La mona, mona se queda, ya lo sabemos.

–Usted es un poco raro... Yo no pensaba decirle nada por el estilo...

Habría querido decir: «No esperaba que fuera usted un hombre tan instruido», pero no lo dijo. Yo sabía, empero, que lo había pensado. Le causé una excelente impresión.

–Comprenda usted –indiqué– que en todos los terrenos puede practicarse el bien. No lo digo por mí mismo, claro; admitamos que me dedico a una actividad censurable, pero...

–Naturalmente, desde cualquier sitio puede practicarse el bien –dijo lanzándome una rápida y penetrante mirada–. Así es, desde cualquier sitio –añadió de improviso.

¡Oh, recuerdo bien, muy bien, todos estos instantes! Quiero añadir aún que cuando esta juventud, esta dulce juventud quiere decir alguna cosa ingeniosa y penetrante, se muestra de pronto excesivamente sincera y cándida, como diciendo: «ahora hablo con tino y con el corazón en la mano», y no por vanidad, como nosotros mismos, sino porque tiene en alta estima lo que dice; cree, respeta y piensa que quien le habla siente por las cosas el mismo respeto que ella. ¡Oh, la sinceridad! ¡Así se imponen! ¡Con qué encanto se manifestaba en ella!

¡Lo recuerdo, no he olvidado nada! Cuando salió, lo decidí al instante. El mismo día realicé las últimas pesquisas y supe de ella el resto, lo que le estaba ocurriendo entonces, pues cuanto se refería a sus dificultades anteriores lo había sabido ya por Lukeria, que estaba en su casa de criada y a la que hacía unos días yo había sobornado. Su verdadera situación era tan horrible, que no comprendí cómo podía reírse de la manera que se había reído no hacía mucho y cómo podía sentir curiosidad por las palabras de Mefistófeles encontrándose tan espantosamente abrumada. Pero ¡era joven! Esto pensaba yo entonces de ella, orgulloso y contento, pues así me manifestaba a la vez magnánimo, como diciendo: no importa que se encuentre al borde del abismo, las grandes palabras de Goethe refulgen. La juventud es siempre magnánima, aunque su magnanimidad no se dé más que en pequeñas dosis. Claro, yo pienso en ella, sólo en ella. Lo importante es que entonces la miraba como si fuera *mía* y no dudaba de mi poderío. ¿Comprenden? Este pensamiento es dulcísimo cuando no ofrece ninguna duda.

Pero ¿qué me ocurre? Si continúo de este modo, ¿cuándo concentraré mis pensamientos? ¡Más rápido, más rápido!

¡La cuestión no estriba en esto, oh, Dios mío!

II

Proposición de matrimonio

Con muy pocas palabras explicaré lo que de ella supe en cuanto a su situación: hacía unos tres años que habían muerto sus padres y se quedó con unas tías suyas muy poco agradables. No basta calificarlas de poco agradables. Una era viuda, con seis hijos, a cual más pequeño. La otra era solterona, vieja y mala. Malas lo eran las dos. El padre de la joven había sido un simple funcionario del Estado y no pertenecía a la nobleza hereditaria. En una palabra, todo me resultaba favorable. Yo aparecía como de un mundo superior. Al fin y al cabo había sido capitán de Estado Mayor de un regimiento brillantísimo; era de noble familia, persona independiente y demás; en cuanto a la casa de préstamos, debía de infundir a las tías sumo respeto. La joven había vivido con ellas tres años como una esclava, pero a pesar de todo logró aprobar unos exámenes en alguna escuela –tuvo tiempo de aprobarlos, se impuso como obligación aprobarlos a pesar del despiadado trabajo a que estaba sometida durante la jornada–; eso ya significaba algo por parte de ella como aspiración hacia lo elevado y noble. ¿Para qué deseaba casarme yo? Pero de mí no vale la pena hablar. En todo caso, más adelante... ¡No radica en esto la cuestión! La joven daba lecciones a los hijos de la tía, cosía la ropa blanca, y al final, no sólo lavaba la ropa, sino, además, el suelo. Sencillamente, hasta le pegaban y le echaban en cara el pedazo de pan que comía. Acabaron decidiendo venderla. ¡Fu! Me salto los sucios detalles. Luego ella me lo contó todo minuciosamente. Un tendero vecino suyo, no un simple tendero, sino una persona gorda con dos tiendas de ultramarinos, estuvo observando lo que pasaba durante un año. Había enviado ya al otro mundo a dos mujeres y buscaba una tercera. Se fijó en ella: «calladita, ha vivido en la pobreza; me caso para que cuide a mis hijos». Realmente tenía hijos. La pidió en matrimonio, se puso de acuerdo con las tías. Era un hombre de cincuenta años. La joven estaba horrorizada. Fue entonces cuando empezó a frecuentar mi establecimiento para anunciarse en *La Voz*. Por fin pidió a las tías que le concedieran cierto tiempo para pensar. Le dieron un plazo brevísimo, y nada más que uno. No la dejaban en paz: «No tenemos qué llevarnos a la boca y aún hemos de mantenerte a ti». Yo lo sabía todo, y aquel día, después de la entrevista de la mañana, me decidí. Al atardecer se presentó en su casa el tendero con una libra de caramelos, total medio rublo, poco más o menos. Se sentó junto a ella. Yo, desde la cocina, llamé a Lukeria y le mandé decir al oído que me encontraba en la puerta cochera y deseaba comunicarle algo de suma urgencia. Estaba satisfecho de mí mismo. En general, durante todo el día me había sentido extraordinariamente contento.

Estaba asombrada de que la hubiera llamado, y allí mismo, en la puerta cochera, en presencia de Lukeria, le expliqué que consideraba gran felicidad y singular honor... En segundo lugar, para que no se extrañara de mi manera de proceder y de que le hablara en el portalón, le dije: «Soy un hombre franco y he estudiado las circunstancias del asunto». No mentía al decir que era franco. Bueno, esto no importa un bledo. Hablé no sólo correctamente, es decir, demostrando ser una persona educada, sino, además, con originalidad, y esto es lo fundamental. ¿Acaso es pecaminoso reconocerlo? Yo quiero juzgarme y me juzgo. He de exponer el pro y el contra. Así lo hago. También más tarde lo recordé con satisfacción, aunque esto era absurdo. Entonces declaré sin rubor alguno que, en primer lugar, no poseo ninguna capacidad singular ni me distingo por la inteligencia ni soy con toda probabilidad un hombre muy bueno, sino un egoísta de poca monta (recuerdo esta expresión, la había formulado por el camino y me gustó), y que probablemente tengo aún muchos defectos. Dije todas estas cosas con cierto orgullo. Ya se sabe cómo se dicen. Claro, tuve el buen gusto de no ponerme a hablar de mis méritos al declarar sin ambages cuáles eran mis defectos y no dije: «Pero en cambio poseo esto, eso y aquello». Vi que la joven se quedaba muy asustada, pero evité presentar las cosas color de rosa; al contrario, al darme cuenta de que estaba amedrentada, recargué la nota sombría. Le dije sin rodeos que tendría la comida asegurada, pero que no podría pensar en vestidos lujosos ni en teatros ni bailes. Nada de esto estaría a su alcance. Quizá más tarde, cuando yo hubiera alcanzado mi objetivo. El severo tono de mis palabras me entusiasmó. Añadí también, como de paso, que si me dedicaba a esa ocupación, es decir, si tenía una casa de empeños, no era más que con un determinado propósito, por una circunstancia... Yo tenía derecho a hablar así. Realmente poseía tal objetivo y me encontraba en la aludida circunstancia. Señores, un momento. Toda la vida he odiado este negocio. Más que nadie. En el fondo, aunque es ridículo hablarse a sí mismo con frases misteriosas, yo «me vengo de la humanidad». Así era, en efecto; ¡así era, así! La chanza suya de la mañana al decirme que yo «me vengaba» no era justa. ¿Comprenden? Si le digo abiertamente: «Me vengo de la sociedad», se habría reído a carcajadas, como por la mañana, y el efecto habría sido en verdad ridículo. Ahora bien, mediante una alusión indirecta, por medio de una frase misteriosa, resulta posible seducir la imaginación. Además, entonces, ya no temía nada. Sabía muy bien que en todo caso el gordo tendero le repugnaba más que yo. Allí, de pie, junto a la puerta cochera, yo era el liberador. Para mí eso estaba claro como la luz del día. ¡Oh, el hombre comprende particularmente bien las bajezas! Pero ¿era una bajeza aquello? ¿Cómo juzgar al hombre en estas circunstancias? ¿Acaso no la quería yo entonces?

Un momento: como es natural, entonces no le dije ni media palabra acerca de la buena acción. Al contrario: «yo soy el beneficiado y no *usted*». Lo expresé, pues, incluso con palabras. No pude contenerme, y el efecto debió ser algo tonto; noté que contraía ligeramente el rostro. Pero en conjunto salí ganando, definitivamente. Puesto ya a recordar todas estas mezquindades, no he de callarme ni una bajeza; permanecía de pie y por la mente me bailaban las ideas siguientes: «Eres alto, bien formado, has recibido una buena educación, y, además, hablando sin fanfarronería, no eres feo». Esto era lo que me bailaba en la cabeza. Como es natural, allí mismo, junto a la puerta cochera, me dijo que sí. Pero... pero he de añadir que allí mismo, junto a la puerta cochera, estuvo pensando largo rato antes de decidirse. Se quedó tan pensativa, tanto, que ya me disponía a preguntarle «¿Qué decide?», y al fin no pude contenerme y se lo pregunté, si bien dando a mis palabras un tono de mucho respeto y consideración.

–Espérese, estoy pensando –me respondió.

Y puso una carita tan seria, que ya entonces habría podido leerlo. Pero yo me sentía ofendido: «¿Es posible que vacile en la elección entre mí y el tendero?», pensaba. ¡Oh, entonces yo aún no comprendía! ¡Entonces no comprendía aún nada, absolutamente nada! ¡No lo he comprendido hasta hoy! Recuerdo que Lukeria me alcanzó cuando ya me iba, me detuvo en medio de la calle y me dijo precipitadamente: «Dios le recompensará, señor, el que se lleve a nuestra dulce señorita, pero no se lo diga, es orgullosa».

¡Orgullosa! Está bien. ¿No prefiero yo a las orgullositas? Las orgullosas resultan sobre todo agradables cuando... cuando no dudas de tu imperio sobre ellas, ¿verdad? ¡Ay, hombre ruin e inhábil! ¡Qué contento me sentía! Pero ¿se dan cuenta? Cuando ella estaba de pie junto a la puerta cochera dudando acerca de qué respuesta darme y yo me sorprendía, en su cabeza podía haber incluso un pensamiento como el siguiente: «Si aquí y allí me espera la desgracia, ¿no es preferible elegir lo peor, o sea, el tendero gordo? ¡Acabará conmigo más pronto, golpeándome, borracho!». ¿Qué creen ustedes? ¿Podía tener un pensamiento semejante?

No comprendo nada, ¡ni siquiera ahora comprendo nada! Acabo de decir que ella pudo haber tenido este pensamiento: de dos desgracias, elegir la peor, es decir, el tendero. Pero ¿quién era el peor para ella, entonces? ¿Yo, o el tendero? ¿El tendero, o el prestamista que citaba a Goethe? ¡Esto es aún una incógnita! ¿Qué incógnita? Ni siquiera esto comprendes: ¡tienes la solución

sobre la mesa y dices que es una incógnita!
¡Al diablo conmigo! La cuestión no está en
mí... Si bien, ¿qué ha de importarme ahora
que la cuestión esté o no esté en mí? Me es
del todo imposible decidirlo. Lo mejor sería
acostarme a dormir. Me duele la cabeza...

III

Soy el más noble de los hombres, pero no lo creo

No he conciliado el sueño. ¡Bueno estoy para dormir! La sangre me golpea en la cabeza. Quisiera comprenderlo todo, tan cenagoso. ¡Oh, el cieno! ¡De qué cenagal la saqué entonces! ¡Ella no podía verlo de otro modo y debía valorar en mucho mi acción! También me resultaban agradables otros pensamientos, como por ejemplo el de que yo tenía cuarenta y un años y ella sólo dieciséis. Esto me cautivaba. Esta sensación de desigualdad resultaba muy dulce, dulcísima.

Yo quería celebrar la boda *à l'anglaise,* es decir, solos, admitiendo como máximo dos testigos, de los cuales uno tenía que ser Lukeria; después tomaríamos inmediatamente el tren aunque fuera en dirección a Moscú (donde, a propósito, se me presentaba una operación), y vivir allí unas dos semanas en un hotel. Ella se resistió. Se opuso. Me vi obligado a visitar a las tías y presentarles mis respetos, como parientes que me concedían la novia. Accedí y no regateé cumplidos. Regalé incluso cien rublos a cada uno de esos bichos y les prometí más, aunque nada dije a ella para no amargarla con la ruindad de la situación. Las tías se pusieron enseguida como la seda. Se habló también de la dote. Ella no tenía nada, casi en el sentido literal de la palabra; mas tampoco quería nada. Acabé demostrándole que no era posible no tener absolutamente nada, y la dote se la hice yo, porque ¿quién podía hacerla si no? Pero ¡al diablo conmigo! Sin embargo, entonces me las ingenié para comunicarle alguna de mis ideas; para que por lo menos las conociera. Es posible que me apresurara... Al principio, por más que intentara dominarse, se me arrojó a los brazos con amor, me recibía emocionada cuando yo la visitaba por las tardes, me contó balbuceante (¡balbuceo encantador de la inocencia!) toda su infancia desde sus primeros años; me hablaba de su casa paterna, de su padre y de su madre. Pero yo arrojé enseguida un cubo de agua fría sobre este fervor. Esta fue una de mis ideas. Al entusiasmo, respondí con el silencio, condescendiente, claro es..., pero ella al momento se dio cuenta de que entre nosotros existía una diferencia y de que yo era un enigma. Lo importante es que yo mismo lo creaba. Precisamente quizá sólo realicé esa estupidez para dar forma al enigma. En primer término fui severo. La traje a casa con aspecto severo. En una palabra, me creé entonces todo un sistema de conducta a pesar de sentirme muy contento. El sistema se formó como espontáneamente, sin ningún esfuerzo. Era imposible que ocurriera de otro modo, yo tenía que crearlo en virtud de una circunstancia insoslayable. ¿No me calumnio quizás a mí mismo? El sistema era justo. En fin, tengan la bondad. Si se trata de juzgar a una persona es necesario conocer bien los hechos... Escuchen:

No sé cómo empezar, es muy difícil. Cuando uno empieza a justificarse, todo son dificultades. Ya se sabe: la juventud desprecia, por ejemplo, el dinero. Yo enseguida hice hincapié en él, hablé del dinero insistentemente, hasta que ella se fue callando cada vez más; abría los ojos desmesuradamente, escuchaba, miraba y callaba. También se sabe que la juventud, la juventud buena, es generosa. Es generosa e impulsiva, pero poco indulgente. Tan pronto como algo no le parece bien, lo desprecia. Yo quería, en cambio, grandeza de ánimo, quería infundirle esa grandeza de ánimo en el corazón y en la mirada, ¿no es así? Tomaré un ejemplo trivial. ¿Qué explicación de mi casa de empeños convenía dar a la joven, dado su carácter? Como es natural, no me expresé directamente. En este caso habría resultado que pedía perdón por tener un establecimiento de esta clase. Obré, podemos decir, como por orgullo, hablé casi callando. Soy un virtuoso en lo de hablar callando, lo he hecho durante toda mi vida y he pasado verdaderas tragedias callando. ¡Oh, también yo he sido desgraciado! Todo el mundo me abandonó, he vivido arrinconado, olvidado, y esto ¡no lo sabe nadie! De pronto esa joven de dieciséis años supo por gente ruin muchos detalles de mi vida y creyó saberlo todo; pero lo más íntimo permanecía recóndito en mi pecho. Yo no hacía más que callar, y callé, sobre todo ante ella, hasta ayer mismo. ¿Por qué callaba? Era como una persona orgullosa. Yo quería que ella llegara a saberlo por sí misma, sin mi participación, al margen de lo que decían las personas ruines; quería que *ella misma adivinara* a mi persona y la conociera. Al abrirle la puerta de mi casa, yo deseaba una consideración absoluta. Yo quería que permaneciera en actitud suplicante ante mí por mis sufrimientos, me lo merecía. ¡Oh, siempre he sido orgulloso, siempre he querido todo o nada! El que no me conformara con una parte de la felicidad y el que la quisiera toda me obligaba entonces a obrar de aquel modo, como diciendo: «¡Que lo descubra y lo valore por sí misma!». Porque no me negarán ustedes que si yo empiezo a darle explicaciones y a hacerle sugerencias, con rodeos, para alcanzar su respeto, esto habría equivalido a pedirle limosna... Por lo demás... por lo demás, ¡a qué hablar de ello!

¡Estúpido, estúpido, estúpido y estúpido! Entonces le expliqué sin ambages y sin compasión (subrayo que fue sin compasión), en dos palabras, que la generosidad de la juventud es encantadora, pero que no vale un comino. ¿Por qué no vale nada? Porque se da por muy poca cosa, se obtiene sin haber vivido; encierra, como si dijéramos, «las primeras impresiones del ser». ¡Que ponga manos a la obra! La generosidad barata tiene siempre poco peso, incluso dar la vida pesa poco, pues en esa edad la sangre hierve, las fuerzas sobran y se anhela apasionadamente la belleza. ¡No, no! Tomen ustedes una hazaña de generosidad difícil, sin aspavientos, sin ruido, sin brillo, que implique una calumnia y muchas víctimas sin pizca de gloria, de modo que usted, persona distinguida, sea presentada ante todo el mundo como un canalla a pesar de ser más honrado que todas las personas de la tierra. ¡A ver, realicen esta hazaña! ¡Se negarán! Mientras que yo la he estado llevando a cabo durante toda mi vida. Al principio ella discutía, ¡y de qué modo! Luego empezó a callar, e incluso a no decir absolutamente nada. Sólo abría desmesuradamente los ojos, unos ojos grandes y atentos. Además...

un buen día vi una sonrisa desconfiada, silenciosa, infausta. Ya se sonreía de este modo cuando la llevé a mi casa. También es cierto que no tenía adónde ir...

IV

Planes y más planes

¿Quién de nosotros empezó?

Ninguno de los dos. La cosa empezó por sí misma, desde el primer momento. He dicho que la introduje en casa bajo el signo de la severidad; sin embargo, al dar los primeros pasos me ablandé. Ya antes de casarme le expliqué que se encargaría de la recepción de los objetos y de entregar el dinero, y entonces ella nada dijo (fíjense en este detalle). Más aún, puso manos a la obra con muy buena voluntad. Claro, el piso, los muebles, todo permaneció como estaba. El piso es de dos habitaciones. Una de ellas es una sala grande, donde se encuentra el establecimiento; la otra, también grande, es la habitación de estar y sirve además de alcoba. Mi mobiliario es pobre. Incluso el de las tías era mejor. Tengo la vitrina de los iconos y la lámpara en la sala del establecimiento; en la otra habitación, un armario con algunos libros y un pequeño baúl, cuyas llaves guardo yo; la cama, mesa y sillas. Antes de casarnos le dije que a la manutención de los tres, es decir: suya, mía y de Lukeria, a la que conquisté para que viniera con nosotros, destinaría un rublo al día, y no más, «pues necesito hacerme con treinta mil rublos en tres años, y si no es así, no hay manera». Ella nada dijo en contra, pero yo mismo añadí treinta kopeks al rublo diario. Lo mismo hice con el teatro. Le había dicho que no iríamos; sin embargo, decidí llevarla una vez al mes y ocupar buenas localidades. Íbamos juntos. Fuimos tres veces. Vimos *La búsqueda de la felicidad* y *Los pájaros cantores*, según me parece (¡qué más da, qué más da ya!). Íbamos y volvíamos en silencio. ¿Por qué, por qué desde el comienzo callamos? Al principio no reñíamos y también callábamos. Recuerdo que entonces ella me miraba de soslayo. Yo, tan pronto me di cuenta, acentué el silencio. La verdad es que impuse el silencio yo, no ella. Por su parte se dejó llevar de sus impulsos una o dos veces, y me abrazó, pero como dichos impulsos eran morbosos, histéricos, y yo necesitaba una felicidad firme, así como el respeto de ella, reaccioné con frialdad. Tenía razón, al día siguiente de tales efusiones siempre reñíamos.

Mejor dicho, no reñíamos, pero callábamos, y el aspecto de la joven era cada vez más impertinente. «Rebelión e independencia», esto era lo que manifestaba, aunque con poca habilidad. En efecto, este sumiso rostro se iba haciendo cada vez más atrevido. Créanme, llegué a serle desagradable, lo comprendí, pues la estudié. No había duda de que tenía arrebatos que la hacían salirse de sí misma. Después de vivir con tanta miseria, después de lavar suelos, empezaba a refunfuñar sobre nuestra pobreza. Comprendan la situación, no estábamos en la pobreza, sino que economizábamos. Para lo necesario nos permitíamos hasta cierto lujo. Por ejemplo, en la ropa blanca y en la limpieza. Siempre había sostenido que la limpieza del marido encanta a la esposa. Por lo demás, ella no se quejaba de pobreza, sino de lo que consideraba mezquindad mía para la economía de la casa; es como si dijera: «Se ha propuesto una cosa, y por esto hace ver que tiene un carácter firme». Un buen día ella misma renunció al teatro. Cada vez hacía más burlona la expresión del gesto... mientras que yo acentuaba mi silencio, lo acentuaba.

¿Acaso tengo que justificarme? Aquí lo más importante es la casa de empeños. Permítanme que me explique. Yo sabía que una mujer, sobre todo una mujer de dieciséis años, había de subordinarse por completo al varón. Las mujeres carecen de originalidad. Esto es un axioma, ¡incluso ahora lo es para mí! ¿Qué será lo que se halla yacente en la sala? La verdad es la verdad, y en este caso ni el propio Mill puede hacer nada. ¡Una mujer amante, hasta los vicios y las maldades del ser amado diviniza! Ni siquiera él es capaz de encontrar para sus fechorías las justificaciones que ella inventa. Esto es muy generoso, pero no original. Lo que más daño ha hecho a la mujer ha sido su falta de originalidad. ¿A santo de qué, repito, me señalan ustedes la mesa? ¿Acaso es original lo que se halla ahí? ¡Oh, oh!

Escúchenme: yo estaba seguro de su amor. Ya entonces se me arrojaba al cuello. Por tanto, me quería; o, mejor dicho: deseaba quererme. Sí, así fue: deseaba amar, buscaba a quien amar. Lo importante del caso es que ni siquiera realizaba yo maldades que necesitaran justificación. Ustedes dicen, como todo el mundo: es un prestamista. ¿Y qué importa que sea prestamista? Esto significa que ha habido causas que han convertido en ello al más magnánimo de todos los hombres. Hay ideas, señores..., es decir, hay ideas que si se enunciaran, si se formularan por medio de palabras, resultarían muy estúpidas. Sería una vergüenza decirlas. ¿Por qué? Porque sí. Porque somos unos gusarapos y no soportamos la verdad, o no sé por qué. Acabo de decir «el más magnánimo de los hombres». Es ridículo, pero era así. Es verdad, ¡es la pura verdad! Sí, entonces yo *tenía pleno derecho* a ponerme a cubierto de necesidades y a abrir dicha casa de empeños: «Ustedes me han rechazado, ustedes, es decir, la gente, me han arrojado de su vera con despectivo silencio. A mi apasionado impulso de acercarme hacia ustedes, me han respondido ofendiéndome para toda la vida. Tengo, pues, derecho a aislarme de ustedes, a defenderme tras un muro, a recoger esos treinta mil rublos y acabar los días de mi vida en algún lugar de Crimea, de la costa meridional, en la montaña y entre viñedos, en mi propia finca adquirida con ese dinero y, sobre todo, lejos de todos ustedes, aunque sin guardarles rencor, con un ideal en el alma, con la mujer amada, con nuestros hijos, si Dios nos los envía, ayudando a los campesinos del lugar». Naturalmente, bien está que diga todo esto ahora para mi capote, pues ¿qué podría haber más ridículo que contárselo entonces a ella en alta voz? Ahora comprenderán ustedes la causa del orgulloso silencio y el porqué permanecíamos callados. En realidad, ¿qué habría podido entender ella? Tenía dieciséis años, estaba en la primera juventud, ¿qué habría podido entender de mis justificaciones y de mis sufrimientos? Había que tener en cuenta la rectitud, el desconocimiento de la vida, las convicciones baratas de la juventud, la miopía de los «magníficos corazones» y, ante todo, la casa de empeños, ¡y basta!

¿Por ventura era yo un malvado en la casa de empeños? (¿No vio ella acaso cómo actuaba yo y si me quedaba con algo más de lo justo?) ¡Cuán terrible es la verdad en la tierra, Dios mío! ¡Esta joven encantadora y sumisa, este cielo, era un ser tirano, un insoportable tirano y verdugo de mi alma! ¡Si no lo dijera me calumniaría a mí mismo! ¿Creen ustedes que yo no la quería? ¿Quién puede afirmar que yo no la amaba? Se da aquí una gran ironía, una pérfida ironía del destino y de la naturaleza. Somos malditos, la vida de los seres humanos es maldita en general (¡la mía en particular!). Ahora comprendo que en este terreno cometí un error. Las cosas no salieron como debían salir. Todo estaba claro, mi plan era diáfano, como el cielo: «Severo, orgulloso, sin necesitar para nada consuelo moral de nadie, sufriendo en silencio». Así obraba, ¡no mentía, no mentía! «Luego verá por sí misma con cuánta generosidad me he comportado; ahora no se da cuenta, pero cuando lo perciba, un día u otro, lo valorará diez veces más y se hincará de rodillas juntando las manos suplicantes.» Este era mi plan. Pero algo olvidé o perdí de vista. Algo hubo que no supe hacer. Pero basta, basta. ¿A quién pedir perdón, ahora? Lo acabado, acabado está. ¡Audacia y a ser orgulloso! ¡No eres tú el culpable!...

Pues bien, voy a decir la verdad. No tengo miedo a enfrentarme con la verdad cara a cara: ¡*ella* es la culpable, *ella*!...

V

La sumisa se rebela

Comenzaron las disputas cuando se le ocurrió entregar dinero a su buen entender, valorando los objetos más de lo que realmente valían. Unas dos veces incluso se dignó a discutir conmigo sobre este particular. No di mi brazo a torcer. Entonces entró en escena una capitana.

Se presentó esta vieja capitana con un medallón, regalo de su marido difunto. Naturalmente, un recuerdo. Di por él treinta rublos. Empezó a lamentarse amargamente y a rogar que le reserváramos el objeto. Como es lógico, se lo guardamos. En pocas palabras, a los cinco días viene para cambiar el medallón por un brazalete que no vale ni ocho rublos. Claro está, me negué. Es de presumir que entonces algo adivinó en la mirada de mi mujer. Volvió cuando yo no estaba y ella hizo el cambio.

Al enterarme, aquel mismo día, dije algunas palabras, breves, pero firmes y razonables. Mi mujer estaba sentada en la cama, mirando al suelo y rozando la alfombrita con el pie derecho (era su gesto habitual); una maligna sonrisa se le dibujaba en los labios. Entonces, sin levantar la voz le declaré sosegadamente que el dinero era *mío* y que tenía derecho a mirar la vida con *mis propios* ojos y que cuando la llamé a mi casa no le oculté nada.

Se levantó de un salto. Tuvo como un estremecimiento y −¡qué se figuran ustedes!− empezó a patalear ante mí. Aquello era una fiera, una fiera que sufría un ataque. Me quedé petrificado. Nunca la habría creído capaz de una salida como aquella. Pero no me desconcerté, ni siquiera hice ningún movimiento, y de nuevo, con la misma voz tranquila, le declaré sin rodeos que desde entonces le prohibía participar en mis asuntos. Se rió en mis propias narices y salió de casa. Lo grave es que no tenía derecho a hacerlo. Sin mí no debía ir a ninguna parte.

Así lo habíamos acordado ya antes de casarnos. Al atardecer regresó y yo no le dije una palabra.

Al día siguiente volvió a salir por la mañana y lo mismo hizo al otro día. Cerré el establecimiento y me dirigí a casa de las tías. Había roto las relaciones con ellas desde mi boda. Ni ellas en mi casa, ni nosotros en la suya. Resultó que no había ido allí. Me escucharon llenas de curiosidad y se rieron en mi propia cara: «Eso es lo que usted se merece», me dijeron. Yo ya esperaba que se comportaran así. Pero allí mismo soborné a la hermana menor, a la solterona, con cien rublos, dándole un adelanto de veinticinco. Dos días después viene a mi casa: «Un oficial, el teniente Efímovich, que fue compañero suyo de regimiento, está mezclado en el asunto», me dijo. Quedé estupefacto. Este Efímovich me había causado mucho daño en el regimiento y hacía un mes, poco más o menos, estuvo un par de veces en mi casa de empeños como si fuera un diente. Era un sinvergüenza. Se puso a bromear con mi mujer. Entonces me acerqué y, recordándole las relaciones que habíamos tenido, le dije que no se atreviera a volver a mi tienda. Pero ni siquiera se me ocurrió que pudiera pasar nada; pensé simplemente que era un desaprensivo. De sopetón la tía me comunica que ya tienen señalada entrevista y que quien maquina todo el asunto es una antigua conocida de las tías, Yulia Samsónovna, viuda y además coronela. «Es a su casa adonde va ahora su mujer.»

Haré breve el episodio. Me costó la broma unos trescientos rublos; pero a los dos días las cosas estaban organizadas de tal modo que yo iba a hallarme en la habitación contigua, detrás de una puerta entornada, y oiría el primer *rendez-vous* a solas de mi esposa y Efímovich. La víspera de ese día tuvimos en casa una escena breve, pero demasiado significativa para mí.

Regresó poco antes del atardecer, se sentó en la cama, me miró burlonamente a la vez que daba golpecitos en la alfombra con el pie. Al verla, me asaltó una idea, y fue que en el transcurso del último mes, o más concretamente, durante las dos últimas semanas, se había convertido en otra mujer, se comportaba, podríamos decir, con un carácter opuesto al suyo. Era como una persona inquieta, agresiva, quizá no desvergonzada, pero sí desordenada, que procuraba aturdirse a sí misma, que se esforzaba por aturdirse, aunque chocaba con su naturaleza sumisa. Cuando una persona así se rebela, aun rebasando los límites admisibles, resulta notorio que se violenta y se solivianta a sí misma y que le resulta casi imposible lograrlo, dados su pudor y vergüenza. Este es el motivo de que a veces tales jóvenes pierdan el sentido de la medida y quien las observa no cree lo que ve con sus propios ojos. El alma depravada, en cambio, es artera; se comporta más indecentemente, pero observando las apariencias del orden y de la decencia, de suerte que aun pretende ser superior a los demás.

–¿Es verdad que le echaron del regimiento porque tuvo miedo de batirse en duelo? –me preguntó de sopetón, rompiendo su silencio, a la vez que le centelleaba la mirada.

–Es cierto. Por decisión de los oficiales me pidieron que abandonara el regimiento, aunque ya antes había yo renunciado a mi puesto.

–¿Le echaron por cobarde?

–Sí, me condenaron por cobarde. Pero me negué a batirme en duelo no por cobardía, sino porque no quise someterme a su tiránica decisión y retar a una persona en desafío, cuando yo mismo no encontraba motivo de ofensa. ¿Sabe usted –añadí sin poderme contener– que obrar enfrentándose con esa tiranía y aceptar todas las consecuencias que de ello se derivan significa poseer un coraje muy superior al que se requiere para batirse en duelo?

No logré contenerme. Con esta frase, en cierto modo me justificaba. Esto era lo que ella quería, que me humillara otra vez. Se rió malévolamente.

–¿Es cierto también que luego, durante tres años, anduvo por las calles de Petersburgo como un vagabundo, pidiendo limosna y durmiendo por las salas de billar?

–He pasado la noche en los asilos nocturnos de la Sennaia. Sí, es cierto. Después del regimiento se abrió en mi vida un período de oprobio y de graves caídas, pero no en el aspecto moral, pues ya entonces era el primero en odiar mis propios actos. Fue sólo una caída de la voluntad y del entendimiento, debido a lo desesperado de la situación. Pero esto ha pasado...

–¡Oh, ahora usted se ha convertido en una personalidad, en un financiero!

Esto era una alusión a la casa de empeños. Pero yo logré recuperar el dominio de mí mismo. Comprendí que ella deseaba obtener explicaciones que me humillaran y no quise satisfacer su deseo. En ese momento llamó un cliente y salí a atenderlo. Una hora después, cuando ella se vistió para salir, se detuvo ante mí y dijo:

–Sin embargo, nada de esto me contó usted antes de casarnos.

No respondí, y salió.

Al día siguiente, pues, me hallaba en aquella habitación tras la puerta, escuchando de qué modo se decidía mi destino. Tenía un revólver en el bolsillo. Ella, bien vestida, estaba sentada ante la mesa, y Efímovich se hacía el interesante.

Pues bien, ocurrió exactamente lo que había presentido y previsto (lo digo en pro de mi honor), aun sin tener conciencia de que lo presentía y preveía. No sé si me expreso con suficiente claridad.

He aquí lo que ocurrió. Durante una hora, escuchando tras la puerta, asistí al duelo entre una mujer de noble y elevado espíritu y un gusarapo de la alta sociedad, romo, pervertido y de alma rastrera. ¿De dónde (pensaba yo estupefacto), de dónde sabe todas estas cosas esa alma cándida, sumisa y callada? El autor más ingenioso de comedias de salón habría sido incapaz de crear esta escena burlesca, de cándida sonrisa, donde la virtud flagelaba al vicio con olímpico desprecio. ¡Cuánto brillo no había en sus palabras y en sus insignificantes réplicas! ¡Cuánta agudeza en sus contestaciones rápidas, cuánta verdad en sus juicios! Al mismo tiempo, ¡cuánta simplicidad, casi infantil! Se reía de las declaraciones de amor, de los gestos y de las proposiciones que le hacía Efímovich. El galán llegó dispuesto a alcanzar su objetivo sin mucha delicadeza, pues no esperaba encontrar resistencia, y se quedó cortado. Al principio pude pensar que no se trataba más que de coquetería por parte de ella, «coquetería de un ser pervertido, si bien ingenioso, para hacerse valer más». Pero no. La verdad brilló como el sol y no cabía duda alguna. Pudo decidirse a aceptar esa entrevista por inexperiencia y por el odio que me tenía, aparatoso y violento; pero no bien se asomó a la verdad, se le abrieron los ojos. Era un ser que obraba impulsado por su deseo de ofenderme como fuera; pero una vez hubo decidido hundirse en el cieno, no pudo soportar la inmoralidad. ¿Era posible, acaso, que Efímovich u otro cualquiera de los sapos del gran mundo pudiera seducir a una joven sin pecado, limpia y llena de ideal? Todo lo contrario, sólo provocó su risa. En el alma de la joven se iluminó la verdad plena, y la indignación le hizo pronunciar palabras de sarcasmo. Repito que ese bufón acabó achicándose por completo; permanecía sentado, con el ceño fruncido, casi sin decir palabra, de suerte que llegué a temer que se atreviera a ofenderla por un impulso de ruin venganza. También repito en honor mío que fui testigo de esta escena casi sin sorprenderme. Era como si me hubiera encontrado con algo conocido, como si hubiera ido precisamente para encontrarlo. Fui sin creer nada, sin admitir ninguna acusación, a pesar de que tomé el revólver y me lo puse en el bolsillo, ¡eso es verdad! ¿Acaso podía imaginármela de otro modo? ¿Por qué, si no, la quise, por qué la tuve en alta estima y me casé con ella? Claro, entonces vi con toda crudeza que me odiaba, y hasta qué punto; pero me convencí también de cuánta era su pureza. De pronto interrumpí la escena abriendo la puerta. Efímovich se levantó de un salto. Yo la tomé a ella de la mano y la invité a salir conmigo. Efímovich se recobró y prorrumpió en una sonora carcajada, exclamando:

–¡Oh, nada tengo en contra de los sagrados derechos conyugales! ¡Llévesela, llévesela! Y sepa usted una cosa –añadió cuando ya me iba–: aun cuando un hombre que se estime se deshonra batiéndose con usted, por respeto hacia su dama me tiene a su disposición... Si se atreve, naturalmente...

–Oiga lo que dice –exclamé deteniendo un segundo a mi mujer en el umbral.

Luego, durante todo el camino hasta casa, ni una palabra. La llevaba de la mano y no se resistía. Al contrario, estaba extraordinariamente sorprendida, pero sólo hasta llegar a casa. Una vez allí, se sentó en una silla y se quedó mirándome. Estaba muy pálida. Aunque sus labios dibujaron enseguida una sonrisa burlona, me miraba en actitud retadora, solemne y severa, y, según parecía, durante los primeros momentos estaba plenamente convencida de que le pegaría un tiro. Pero saqué el revólver del bolsillo, sin decir una palabra, y lo puse en la mesa. Ella me miraba a mí y miraba el revólver (tengan en cuenta lo siguiente: ella conocía el revólver, que adquirí y cargué al abrir la casa de empeños. Decidí no mantener ni enormes perros ni lacayos corpulentos, como hace Mozer. En mi establecimiento, quien abre a los clientes es la cocinera; pero dedicándome a este oficio no había de permanecer indefenso y me compré el revólver. Durante los primeros días que ella estuvo en casa, se interesó mucho por ese revólver, quería saber cómo funcionaba y yo le expliqué incluso su mecanismo y su sistema. Una vez la convencí de que tirara al blanco; tengan todo esto en cuenta). Sin prestar atención a su temerosa mirada, me tumbé en la cama, medio desnudo. Me sentía sin fuerzas. Eran casi las once de la noche. Ella continuó sentada en el mismo lugar, sin moverse, casi una hora más. Luego apagó la vela y se acostó, también vestida, en el diván, junto a la pared. Por primera vez no se acostó conmigo, no olviden tampoco esta circunstancia...

VI

Un recuerdo espantoso

Ahora este recuerdo espantoso...

Me desperté por la mañana, a eso de las ocho, y la claridad era ya casi total en la habitación. Me desperté de una vez, ya con plena conciencia de las cosas, y abrí los ojos. Ella estaba junto a la mesa, con el revólver en las manos. No se dio cuenta de que yo me había despertado y la estaba mirando. De pronto vi que se dirigía hacia la cama empuñando el arma. Me apresuré a cerrar los ojos y me fingí profundamente dormido. Llegó hasta el borde de la cama, a mi lado. Yo lo percibía todo. El silencio era sepulcral, pero yo lo oía. Entonces hice un movimiento convulsivo, y de pronto, sin poder contenerme, abrí los ojos, contra mi propia voluntad. Ella me miraba fijamente.

Me había puesto ya el cañón junto a la sien. Nuestras miradas se encontraron, sólo por un brevísimo instante. Con gran esfuerzo de voluntad, cerré de nuevo los ojos y decidí al mismo tiempo, con todas las potencias del alma, no volver a moverme ni volver a abrir los ojos, pasara lo que pasara.

En realidad a veces ocurre que una persona profundamente dormida abre los ojos, incluso levanta la cabeza por un segundo, mira la habitación y luego, un instante más tarde, hunde otra vez la cabeza en la almohada y se duerme sin decir nada. Cuando yo crucé la mirada con ella, sentí el revólver en la sien y volví a cerrar los ojos sin moverme, como si estuviera profundamente dormido, ella pudo suponer decididamente que yo en efecto dormía y no había visto nada, tanto más cuanto que resultaba totalmente inconcebible que de haber visto lo que realmente vi, cerrara de nuevo los ojos en *aquel* momento.

En efecto, era inconcebible. Sin embargo, ella pudo haber adivinado también la verdad, y eso fue lo que centelleó inmediatamente en mi cerebro. ¡Oh, qué torbellino de pensamientos y de sensaciones volaron por mi cabeza en menos de un instante! ¡Viva la electricidad del pensamiento humano! En este caso (sentí en mí), si ella ha adivinado la verdad y sabe que no duermo, ya queda anonadada al ver que estoy dispuesto a morir; puede temblarle la mano. El ánimo decidido puede quedar hecho añicos contra una nueva y extraordinaria impresión. Dicen que quien se halla en un sitio elevado tiende por sí mismo hacia abajo, hacia el abismo. Me figuro que muchos suicidios y muchos asesinatos se han verificado tan sólo porque ya se tenía el revólver en la mano. Cuando este caso llega, existe el abismo, con una pendiente de cuarenta y cinco grados, en la que es imposible no resbalar, y algo impulsa imperiosamente a apretar el gatillo. Pero la idea de que yo lo he visto todo, de que lo sé todo y espero de ella la muerte en silencio, puede sostenerla en el plano inclinado.

El silencio se prolongaba, y de pronto noté junto a la sien, en mis cabellos, el frío contacto del acero. Me preguntarán si tenía una esperanza muy firme en mi salvación. Les responderé como lo haría ante Dios. No tenía ninguna esperanza, a no ser la de una posibilidad entre cien. ¿A santo de qué, pues, aceptaba la muerte? Yo pregunto: ¿para qué quería la vida después de haber visto el revólver levantado contra mí por el ser a quien yo divinizaba? Además, sabía con todas las potencias de mi alma que entre nosotros, en aquel instante, se había entablado una lucha, un terrible duelo a muerte, un duelo en el que participaba el mismo cobarde de ayer, arrojado del regimiento por sus camaradas. A mí me constaba y a ella también, si había adivinado la verdad de que yo no dormía.

Es posible que esto no fuera así, quizás entonces no lo pensé; pero debía de tener existencia real, aunque fuera al margen del pensamiento, pues luego, en cada hora de mi vida, no he hecho otra cosa que pensar en ello.

Seguirán ustedes preguntándome por qué no la salvé entonces de cometer un crimen. ¡Oh, luego me he hecho esta pregunta miles de veces, siempre que, sintiendo un escalofrío en la espalda, he recordado aquel segundo! Pero entonces tenía el alma sumida en las tinieblas. Yo mismo sucumbía; estaba perdido, ¿a quién iba a poder salvar? ¿Y qué saben ustedes si quería yo entonces salvar a alguien? ¿Cómo saber lo que podía sentir yo entonces?

Sin embargo, mi conciencia era un volcán. Transcurrían los segundos; el silencio era sepulcral. Ella seguía a mi lado, y de pronto me estremecí de esperanza. Abrí rápidamente los ojos. Ella ya no estaba en la habitación. Me levanté de la cama; ¡había vencido y ella quedaba derrotada para siempre!

Salí a tomar el desayuno. Siempre nos llevaban el samovar a la primera habitación y era ella la que servía el té. Me senté a la mesa sin decir palabra y de sus manos tomé el vaso. Unos cinco minutos después la miré. Estaba horriblemente pálida, más aún que el día anterior, y me contemplaba. Entonces, al ver que yo la miraba, se sonrió con los labios demudados y un tímido interrogante en los ojos. «Por lo visto aún duda y se pregunta: "¿Lo sabe él, o no lo sabe? ¿Lo ha visto, o no lo ha visto?".» Desvié la mirada, indiferente. Después del desayuno, cerré el establecimiento y me fui al mercado, donde compré una cama de hierro y un biombo.

De vuelta a casa, mandé poner la cama en la sala y separarla con el biombo. Era una cama para ella, pero no le dije ni una palabra. Sin que le dijera nada comprendió por esa cama que yo «lo había visto todo y lo sabía todo», y que no cabían ya dudas de ningún género. Por la noche dejé el revólver, como siempre, sobre la mesa. Ella se acostó silenciosamente en la nueva cama. El matrimonio quedaba roto; ella estaba «vencida, pero no perdonada». Por la noche deliró y por la mañana tenía calentura. Estuvo en cama seis semanas.

CAPÍTULO SEGUNDO

I

El sueño del orgullo

Lukeria acaba de decirme que no seguirá viviendo en mi casa y que se marchará no bien entierren a la señora. He orado de rodillas cinco minutos. Quería rezar una hora, pero no hago más que pensar, y todos los pensamientos son dolorosos. También me duele la cabeza. ¿Cómo rezar en estas condiciones? ¡Sería un pecado! Es extraño asimismo que no sienta deseos de dormir. Cuando la pena es excesivamente grande, siempre se tienen ansias de dormir después de las primeras conmociones. Dicen que los condenados a muerte duermen como troncos la última noche. Tiene que ser así, lo exige la misma naturaleza; de lo contrario, las fuerzas fallarían... Me he acostado en el diván, pero no he conciliado el sueño.

... Durante las seis semanas de enfermedad la cuidamos día y noche Lukeria, yo y una experimentada enfermera del hospital a la que contraté. No escatimé el dinero, e incluso lo gasté con satisfacción por ella. Llamé al doctor Schröder, abonándole diez rublos por visita. Cuando recobró el sentido, me dejé ver menos. Pero ¿a santo de qué todas estas descripciones? Cuando ya pudo levantarse se sentó silenciosa y callada a una mesa que le había comprado durante ese tiempo y había puesto para ella en mi habitación... Sí, es cierto; permanecíamos mudos. Mejor dicho, luego comenzamos a hablar sobre cosas corrientes. Como es natural, yo procuraba no ser locuaz, pero noté muy bien que ella asimismo parecía contenta de no decir una palabra más de lo estrictamente necesario. Esto me parecía naturalísimo por parte de ella. «Está excesivamente conmovida y derrotada –pensaba yo–, y hay que darle tiempo a que olvide y se acostumbre, es natural.» Así, pues, callábamos; pero yo me preparaba constantemente para el futuro. Me imaginaba que ella hacía lo mismo y me resultaba entretenido fantasear acerca de lo que ella pensaba entonces de sí misma.

Diré más: claro que nadie tiene idea de lo que sufrí, pendiente de ella y de su enfermedad. Lloraba para mis adentros y ahogaba los sollozos en el pecho incluso ante Lukeria. No podía imaginarme, no cabía siquiera en mis suposiciones, que ella muriera sin saberlo todo. Cuando hubo pasado el peligro y volvió a recobrar la salud, me tranquilicé muy pronto, lo recuerdo perfectamente. Es más, decidí *posponer nuestro futuro* en lo posible dejándolo todo, por el momento, tal como estaba. Entonces me ocurrió algo raro y especial, no sé llamarlo de otro modo. Yo era el vencedor, y la conciencia que de ello tenía me bastaba por completo. Así transcurrió el invierno. Estaba contento, como no lo había estado nunca, y esta sensación no me ha abandonado durante todos esos meses.

Tengan en cuenta un hecho: se daba en mi vida una circunstancia externa horrible, que me ha oprimido cada día y cada hora, hasta hoy, es decir, hasta la catástrofe de mi mujer, y era la pérdida de mi reputación y la salida del regimiento. En dos palabras, había sufrido una injusticia tiránica. Verdad es que mis camaradas no me querían debido a mi carácter difícil y quizá ridículo, aunque a menudo ocurre que lo elevado para uno, lo más caro y tenido en más alta estima, sin saber por qué, regocija a la muchedumbre de nuestros camaradas. A mí nunca me quisieron, ni en la escuela. Siempre y en todas partes me ha ocurrido lo mismo. Ni Lukeria ha podido quererme. Lo que me pasó en el regimiento, aunque provocado por la falta de cariño que por mí sentían, se debió, indudablemente, a la casualidad. Lo digo porque nada hay más doloroso e insoportable que sucumbir por un suceso que pudo ser y no ser, por una fortuita conjunción de circunstancias que habían podido pasar sin afectarnos, como una nube. Para una persona culta esto es humillante. Ocurrió lo siguiente:

Durante un entreacto, en el teatro, me acerqué al ambigú. El húsar A. entró con dos camaradas suyos. Hablaba en alta voz, de modo que podían oírle todos los oficiales y el público del ambigú. Decía que Bezúmtsev, capitán de nuestro regimiento, acababa de armar un escándalo en el pasillo «y parecía borracho». La conversación no llegó a cuajar, y además estaban en un error, pues ni el capitán Bezúmtsev se había emborrachado ni había habido ningún escándalo. Los húsares se pusieron a hablar de otras cosas y con ello se acabó el asunto; pero al día siguiente la anécdota se filtró en nuestro regimiento y enseguida corrió la voz de que en el ambigú no había nadie más que yo de los nuestros, y, cuando el húsar habló insolentemente del capitán Bezúmtsev, ni me acerqué ni le hice ninguna observación. ¿A santo de qué había de hacérsela? Si dicho húsar estaba enojado con Bezúmtsev, era cosa que les afectaba a ellos personalmente; ¿por qué tenía yo que meterme en sus asuntos? Entretanto, los oficiales empezaron a considerar que el asunto no era personal, sino que afectaba al regimiento, y comoquiera que yo había sido el único presente, demostré a todo el mundo que en nuestro regimiento puede haber oficiales no muy puntillosos en lo tocante a su honor y al de su unidad militar. No estuve de acuerdo con semejante punto de vista. Me dieron a entender que aún podría arreglarlo todo, si entonces, aunque ya un poco tarde, deseaba tener explicaciones formales con A. No quise hacerlo y, como estaba irritado, me negué orgullosamente. Enseguida renuncié a mi puesto. Esta fue la historia. Salí lleno de orgullo, pero espiritualmente deshecho. Me quedé sin voluntad y sin ánimos. Ocurrió entonces que el marido de mi hermana disipó en Moscú nuestra pequeña fortuna, incluida mi parte, muy pequeña, de suerte que me encontré en la calle sin un céntimo. Podía haber entrado en algún servicio administrativo de tipo particular, pero no lo hice: después de mi brillante uniforme no podía ingresar, por ejemplo, en el servicio de ferrocarriles. Cuanto mayores fueran la vergüenza, el deshonor y la caída, tanto mejor. Y elegí esta solución. Siguieron entonces tres años de pavoroso recuerdo e incluso los asilos nocturnos.

Hará un año y medio murió en Moscú una rica anciana, mi madrina, e inesperadamente me legó tres mil rublos. Medité acerca de mi situación y de mi destino. Decidí abrir una casa de empeños, haciendo caso omiso de la opinión de la gente. Iba a ganar dinero, luego me buscaría un rinconcito, y a vivir una nueva vida, lejos de los antiguos recuerdos. Tal fue mi plan. No obstante, el sombrío pasado y la reputación maltrecha para siempre me atormentaban a cada hora, a cada minuto. Entonces me casé. No sé si fue por casualidad o no. Cuando la traje a casa me figuraba que traía a un amigo, que me hacía demasiada falta. Pero vi claramente que al amigo había que prepararlo, tenía que acabar de formarlo e incluso vencerlo. ¿Acaso podía yo explicar algo de buenas a primeras a esa joven recelosa de dieciséis años? Por ejemplo, sin la ayuda casual de la horrible catástrofe ocurrida con el revólver, ¿cómo habría podido convencerla de que no era un cobarde y de que me habían acusado injustamente de cobardía en el regimiento? La catástrofe se produjo en un momento oportuno. Al resistir la prueba del revólver, me vengué de todo mi sombrío pasado. Y aunque nadie se enteró, lo supo *ella* y eso para mí era todo, puesto que en ella radicaba la esperanza mía en el futuro y en mis sueños. Ella era la única persona que yo preparaba para mí y no necesitaba a nadie más. Esa persona se había enterado de todo. Supo por lo menos que se había apresurado injustamente a unirse a mis enemigos. Esta idea me entusiasmaba. A sus ojos yo ya no podía ser un canalla, sino, a lo sumo, un hombre raro, pero tampoco esta idea me desagradaba mucho después de lo ocurrido. Ser raro no es un defecto; al contrario, a veces esto cautiva a las mujeres. En una palabra, aplacé conscientemente el desenlace. Por el momento lo que había acontecido era más que suficiente para mi tranquilidad y me bastaba para mis ensueños. En esto radica el mal, en que yo soy un soñador. Para mí era suficiente, y, en cuanto a ella, yo pensaba que *esperaría*.

Así transcurrió el invierno, como en espera de algún acontecimiento. Me gustaba contemplarla a hurtadillas, especialmente cuando estaba sentada a su mesita, ocupada con la ropa blanca o leyendo algún libro que tomaba de mi armario. El que tomara libros de mi armario, debía ser también un signo en mi favor. Casi nunca iba a ningún sitio. Después de la comida, al atardecer, cada día la sacaba a dar un paseo que nos servía de ejercicio, si bien callábamos, como antes. Yo me esforzaba en aparentar que no era así y que estábamos de acuerdo en todo, mas ya he dicho que ambos evitábamos todo comentario superfluo. Yo lo hacía adrede, pensando, por otra parte, que a ella había que «darle tiempo». Naturalmente es extraño que casi hasta finales de invierno no se me hubiera ocurrido pensar que en todo este período ni una sola vez había captado su mirada puesta en mí mientras que yo me complacía mirándola de soslayo. Pensé que se trataba de cortedad por su parte. Además, ¡era tal su aspecto de tímida sumisión y de impotencia, después de la enfermedad! No, es preferible esperar «y ella misma se te acercará...».

Esta idea me entusiasmaba. Añadiré tan sólo que a veces yo mismo me enardecía intencionadamente y era capaz de sentir y pensar como si estuviera ofendido contra ella. Mantuve esa actitud durante cierto tiempo. Pero el odio nunca ha podido madurar y echar raíces en mi alma. Yo tenía, además, la sensación de que todo esto era sólo un juego. Y aunque entonces rompí el matrimonio al comprar la cama y el biombo, nunca, nunca pude considerarla como una mala mujer. No se debía ello a que enjuiciara a la ligera sus actos, sino a que tuve la intención de perdonarla completamente desde el primer día, incluso antes de comprar la cama. Todo eso era raro en mí, pues soy una persona severa en el terreno moral. Más aún: a mis ojos se hallaba tan vencida, tan humillada, tan anonadada, que a veces sentía por ella profunda lástima, si bien la idea de su humillación solía llenarme de íntimo contento. Me gustaba pensar en nuestra desigualdad.

Durante el invierno busqué la ocasión de realizar algunas buenas obras. Perdoné dos deudas, dejé dinero a una mujer pobre sin exigirle prenda alguna en garantía. Nada de esto dije a mi esposa, ni lo hice con intención de que ella lo supiera, pero la anciana vino a darme las gracias y por poco se pone de rodillas en señal de agradecimiento. De este modo se supo y me pareció que a mi mujer le causaba muy buena impresión lo que había hecho con aquella pobre.

Se acercaba la primavera, estábamos ya a mediados de abril, se quitaron los dobles marcos de las ventanas y el sol comenzó a iluminar con sus brillantes rayos nuestras calladas habitaciones. Pero ante mí tenía un velo que me cegaba la mente. ¡Velo fatal, terrible! No sé de qué modo ocurrió, pero el hecho es que de pronto se me cayó el velo de delante de los ojos y lo vi y lo comprendí todo. ¿Se debió ello a una casualidad, o habíamos llegado a un día crítico, o se trató de un rayo de sol que avivó en mi roma mente las ideas y la intuición? Lo que ocurrió fue que de pronto se puso en juego una fibra, hasta entonces inanimada; se conmovió, revivió e iluminó mi alma entorpecida y mi diabólico orgullo. Entonces pareció que me ponía en pie de un salto. Eso tuvo lugar de súbito, inesperadamente, por la tarde, a eso de las cinco, después de la comida...

II

El velo se cae

Dos palabras previas. Había observado hacía ya un mes que ella estaba extrañamente ensimismada en sus meditaciones. No sólo callaba, sino que cavilaba. También de esto me di cuenta inesperadamente. Se hallaba sentada a la mesa, inclinada la cabeza sobre la labor, sin sospechar que yo la estaba mirando. De pronto me sorprendió verla tan delgaducha, tan flaca y pálida, sin color en los labios, y por añadidura tan sumida en sus cavilaciones. Sentí como una sacudida. Antes ya la había oído toser con una tosecilla seca, sobre todo por la noche. Me levanté enseguida y, sin decirle nada, mandé llamar al doctor Schröder.

Schröder vino al día siguiente. Ella quedó perpleja, mirándonos ya al uno, ya al otro.

–Pero si estoy bien de salud –dijo sonriéndose levemente.

Schröder no se esmeró mucho en su examen (estos médicos se comportan a veces con altanera negligencia), y en la otra habitación se limitó a decirme que aquello era consecuencia de la enfermedad sufrida y que no estaría mal trasladarla en primavera a algún punto de mar o, si no era posible, a alguna casa de campo. En una palabra, no dijo nada, excepto que se notaba debilidad y no sé qué más. Cuando Schröder hubo salido, ella me dijo de pronto, mirándome muy seria:

–Estoy perfectamente bien.

Pero al decirlo se sonrojó, por lo visto, de vergüenza. Debía ser de vergüenza. Ahora lo comprendo, le avergonzaría que yo fuera todavía *su marido,* que me preocupara de ella como si aún fuera un auténtico marido. Entonces, empero, no lo comprendí y atribuí el rubor a su timidez. (¡Era el velo que me cegaba!)

Un mes después, a eso de las cinco de la tarde, en un día claro y soleado del mes de abril, yo estaba pasando cuentas junto a la caja del establecimiento y oí que ella, sentada ante su mesita y dedicada a su labor, se puso a cantar suave, quedamente... Esta novedad me causó una impresión tremendísima, que todavía hoy no comprendo. Hasta entonces casi nunca la había oído cantar, a no ser durante los primeros días de haberla traído a casa, cuando todavía podíamos entretenernos disparando al blanco con el revólver. Entonces aún poseía una voz bastante fuerte, sonora y, aunque poco segura, extraordinariamente agradable y sana. Ese día de abril, la cancioncita se oyó débil, no porque fuera melancólica (era una romanza), sino porque parecía como si en la voz hubiera algo cascado, roto, como si la vocecita fuera impotente y la propia canción estuviese enferma. Cantaba a media voz. De pronto la elevó y se le quebró. Era una vocecita tan pobre, que daba pena oírla. Tosió y de nuevo se puso a cantar casi imperceptiblemente...

Se reirán de mi emoción, pero nadie comprenderá nunca por qué me conmoví de aquel modo. No, todavía no sentía compasión por ella, era algo completamente distinto. De momento, por lo menos durante los primeros instantes, me sentí perplejo y sorprendido, como ante algo terrible y extraño, enfermizo y al mismo tiempo vengativo: «¡Canta estando yo presente! *¿Se habrá olvidado de mí, quizá?*».

Me quedé como fulminado. Luego me levanté de golpe, tomé el sombrero y me dispuse a salir sin saber lo que hacía. Por lo menos no sabía por qué me iba ni adónde. Lukeria me dio el abrigo.

–¿Está cantando? –le pregunté involuntariamente.

Lukeria no me comprendió y se quedó mirándome, sin llegar a entender nada. Realmente yo era incomprensible.

–¿Es la primera vez que canta?

–No, cuando usted no está, a veces canta –me respondió.

Lo recuerdo todo. Pasé a la escalera, salí a la calle y me fui al azar. Al llegar a la esquina, me detuve como distraído mirando hacia un lugar impreciso. Los transeúntes pasaban y me daban empujones, pero yo no lo notaba. Llamé a un cochero y le dije que me llevara al puente del Policía, no sé por qué. Pero luego, de improviso, cambié de idea y le di una moneda de veinte kopeks.

–Toma, por haberte llamado –le dije riéndome sin ton ni son, aunque me sentía invadido por un hálito de entusiasmo.

Di la vuelta hacia casa acelerando el paso. Volvió a resonar en mi alma la nota cascada, pobre, en el instante de quebrarse. Me estremecí. ¡El velo se me caía de delante de los ojos! Si se ha puesto a cantar estando yo presente, es que me ha olvidado. Esto era claro y terrible a la vez. Lo percibía con el corazón, pero tenía el alma radiante de entusiasmo y con ello ahogaba el miedo.

¡Oh, ironía del destino! En todo el invierno ese entusiasmo me había henchido el alma sin que otra cosa cupiera en ella, pero ¿dónde había estado yo mismo durante ese período? ¿Acaso me hallaba junto a mi propia alma? Subí la escalera apresuradamente; no sé si entré con timidez, sólo recuerdo cuál era mi impresión. Me parecía que el entarimado oscilaba o que estaba yo navegando por un río. Entré en el aposento. Estaba sentada en el mismo sitio, cosiendo, con la cabeza inclinada, aunque ya no cantaba.

Levantó la mirada rápida e indiferente, pero aquello ni siquiera podía considerarse como una mirada, sino simplemente como un gesto, el gesto habitual y displicente que se hace cuando entra alguien en una habitación.

Me dirigí al lugar en que ella se encontraba y me senté a su lado, muy cerca, como enajenado. Me miró rápidamente, medio asustada. La tomé de la mano y no recuerdo qué le dije, o mejor, qué quise decirle, pues ni siquiera podía articular bien las palabras. La voz se me precipitaba, no me obedecía. En realidad tampoco sabía qué decir y me ahogaba.

–¡Hablemos... sabes... di algo! –exclamé balbuceante.

¡Oh! ¿Estaba en mi juicio? Ella se estremeció otra vez y se apartó asustada, mirándome a la cara; pero de pronto, en sus ojos se reflejó una *severa sorpresa*. Sí, era sorpresa, y, además, *severa*. Me miraba con los ojos sumamente abiertos. Esa severidad, esa severa sorpresa, me pulverizó de un golpe: «¿Quieres aún palabras de amor, de amor?», parecía preguntarme, aunque permanecía callada. Pero en sus ojos lo leí todo, todo.

Me desplomé interiormente y caí a sus pies. Sí, me arrojé a sus pies. Ella se levantó de un salto, pero la retuve agarrándole ambas manos con extraordinaria fuerza.

¡Yo comprendía plenamente mi desesperación, sí, la comprendía! Pero créanme ustedes, me sentía tan henchido de entusiasmo, que creía morirme. Besé sus pies ebrio de felicidad. Sí, de inconmensurable e ilimitada felicidad, aun comprendiendo que no podía librarme de mi desesperación. Lloraba, balbucía algo, pero no podía hablar. De pronto vi que su miedo y su sorpresa daban paso a un inquietante pensamiento, a una interrogación de extraordinaria trascendencia, y se me quedó mirando de un modo raro, casi salvaje. Deseaba comprender algo cuanto antes, y se sonrió. Sentía una horrible vergüenza de que yo le besara los pies y se apartaba, pero al instante yo besaba el suelo que había pisado. Entonces se puso a reír de vergüenza (habrán visto ustedes reírse de vergüenza). Estaba a punto de estallar en un ataque de histerismo, me di cuenta, le temblaban las manos; pero yo no pensaba en ello y no hacía más que murmurarle que la amaba, que no me levantaría: «Déjame besar tu vestido... déjame que a ti eleve mis plegarias toda la vida...». No sé, no recuerdo. De pronto prorrumpió en llanto y sufrió una convulsión. Sufrió un terrible ataque de histeria. La había asustado.

La acosté. Cuando hubo pasado el ataque, se sentó en la cama y, muy abatida, me tomó las manos y me rogó que me tranquilizara: «¡Basta, no se atormente, tranquilícese!», y otra vez se puso a llorar. No me separé de ella en toda la tarde. Le decía y le repetía que iríamos a Boulogne para que pudiera tomar baños de mar; iríamos inmediatamente, enseguida, dentro de dos semanas. Añadía que aquella tarde había oído su vocecita quebrada, que iba a cerrar el establecimiento, lo vendería a Dobronrávov y empezaríamos de nuevo la vida nada menos que en Boulogne, ¡en Boulogne! Ella me escuchaba sin perder el miedo. Cada vez tenía más miedo. Pero lo importante para mí no era esto, sino que yo volvía a sentir unos deseos irresistibles de arrojarme a sus pies y besar el suelo que ella había pisado, elevar hacia ella mis oraciones, y «no te pediré nada más, nada –repetía yo incesantemente–, no me digas nada, no te fijes en mí, déjame sólo contemplarte desde un rincón, conviérteme en un objeto tuyo, en un perrito...». Ella lloraba.

–Yo *creía que usted, sencillamente, me iba a dejar así* –exclamó de pronto sin querer, tan involuntariamente, que quizá ni se dio cuenta de que lo decía; sin embargo, aquello era lo más importante, lo más fatal de cuanto dijo y lo más comprensible para mí aquella tarde.

Pareció como si, con aquellas palabras, me dieran una cuchillada en el corazón. Me lo aclararon todo, todo; pero mientras ella estaba a mi lado, ante mis ojos, yo sentía una esperanza irrefrenable y era inmensamente feliz. ¡Oh, aquella tarde la fatigué terriblemente, y lo comprendía, pero pensaba que iba a cambiarlo todo al instante! Por fin, al anochecer se quedó exhausta y la convencí de que procurara conciliar el sueño. Se durmió enseguida, profundamente. Yo suponía que deliraría y llegó a delirar, pero poco. Durante la noche me levanté infinidad de veces para acercarme en zapatillas, sin hacer ruido, a su cama y contemplarla. Me retorcía las manos de desesperación al ver aquel ser enfermo en la pobre cama de hierro que le había comprado por tres rublos. Me hinqué de rodillas, pero no me atreví a besar los pies de la durmiente (sin su asentimiento). Me puse a rezar, pero otra vez me levanté. Lukeria me estaba contemplando y salía a cada momento de la cocina. Le dije que se acostara y que el día siguiente empezaría de manera «completamente distinta».

Yo creía en ello ciegamente, con una creencia loca y total. ¡Hervía de entusiasmo! Me consumía esperando el día siguiente. Lo grave era que yo no preveía ninguna desgracia, pese a los síntomas existentes. No había recobrado aún totalmente el sentido a pesar de habérseme caído el velo de los ojos, y aún tardé mucho, mucho, en recobrarlo plenamente; no he vuelto a tenerlo hasta hoy, ¡hasta el mismo día de hoy! ¿Cómo podía en realidad recobrarlo entonces? Entonces ella aún estaba viva; aún la tenía yo ante mí y estaba yo ante ella: «Mañana se despertará; se lo diré todo y lo verá todo». Tal era entonces mi razonamiento, sencillo y claro. ¡De ahí mi entusiasmo! Lo importante radicaba en el viaje a Boulogne. No sé por qué yo creía que el viaje a Boulogne lo era todo, que en Boulogne ocurriría algo definitivo. «¡A Boulogne, a Boulogne!...» Como un demente esperaba yo la mañana.

III

Demasiado lo comprendo

De todo esto no hace más que unos días, cinco, en total cinco días, ¡ocurrió el martes último! Le bastaba esperar un poco más, sólo un poquitín más, y yo habría disipado las tinieblas. ¿Por ventura no se había tranquilizado? Al día siguiente ya me escuchó con la sonrisa en los labios, a pesar de todo su desconcierto... Lo grave es que en todo ese tiempo, durante todos esos cinco días, ella se sentía confusa y avergonzada. También tenía miedo, mucho miedo. No lo discuto, no lo negaré como un insensato. Ella tenía miedo; pero ¿podía ser de otro modo? ¡Hacía tanto tiempo que nos sentíamos extraños y nos habíamos alejado uno del otro! Y de pronto eso... Pero yo no daba importancia a su miedo, la nueva situación me iluminaba... Es cierto, no cabe la menor duda de que he cometido un error. Es posible que los errores hayan sido muchos. No bien nos despertamos al día siguiente, por la mañana (eso era el miércoles), cometí otra falta: la traté como si fuera mi amiga. Me adelanté, tuve demasiadas prisas, pero la confesión era necesaria, indispensable, y la mía fue más, ¡mucho más que una confesión! No eludí siquiera lo que me había estado ocultando a mí mismo toda la vida. Le dije abiertamente que había pasado el invierno seguro de que su amor me pertenecía. Le expliqué que la casa de empeños significaba únicamente la caída de mi voluntad y de mi inteligencia, una idea de autoflagelación y autoglorificación. Le expliqué que en aquel entonces, en el ambigú, realmente me acobardé debido a mi carácter y a mis aprensiones. Me sorprendió el ambiente, el ambigú. Me dejó perplejo el que de pronto, si me manifestaba, pudiera parecer estúpido. No me asustó el desafío, sino la idea de que pudiera parecer ridículo... Luego ya no quise reconocerlo y atormenté a todo el mundo por lo mismo, incluso a ella, y con este fin luego me casé. Yo hablaba casi como si delirara. Ella me tomó de la mano y me rogó que no siguiera: «Usted exagera... se atormenta a sí mismo». Otra vez fluyeron las lágrimas, ¡poco le faltó para que se repitieran los ataques! Ella insistía rogando que no dijera ni recordara esas cosas.

No hacía caso de sus ruegos, o hacía poco caso: ¡La primavera, Boulogne! Allí brillaba el sol, allí brillaría nuestro nuevo sol, ¡se lo repetía sin cesar! Cerré la casa de empeños. Pasé el negocio a Dobronrávov. De pronto le propuse distribuir todo el dinero entre los pobres, excepto los tres mil rublos básicos, heredados de mi madrina, con los que podríamos ir a Boulogne y regresar luego a fin de comenzar una nueva vida de trabajo. Así lo dispusimos, ya que ella no dijo nada... sólo se sonreía. Parece que se sonreía sobre todo por delicadeza, para no contrariarme. Yo veía, con todo, que le resultaba una carga; no crean que soy tan tonto y tan egoísta que no me diera cuenta. Lo veía todo, hasta el último repliegue. Lo veía y lo sabía mejor que nadie. ¡Toda mi desesperación se hallaba de manifiesto!

Le hablaba sin cesar de mí y de ella. También de Lukeria. Yo decía que había llorado... ¡Oh, sí! También cambié de conversación. También yo procuraba no recordar de ningún modo ciertas cosas. Incluso ella se animó una o dos veces; ¡lo recuerdo, lo recuerdo! ¿Por qué dicen ustedes que yo miraba y no veía nada? Si *esto* no hubiera ocurrido, todo habría resucitado. No en vano al tercer día, cuando la conversación recayó sobre la lectura y sobre lo que ella había leído durante el invierno, me contó riendo la escena de Gil Blas con el arzobispo de Granada. ¡Qué risa más infantil y encantadora! ¡Como antes de casarnos! (¡Sólo un instante, un instante!) ¡Cuál no fue mi contento! Me sorprendió enormemente, dicho sea de paso, lo del arzobispo. En invierno había encontrado, pues, bastante sosiego anímico y felicidad, sentada ante su mesita, para leer una obra maestra y reírse. Resulta, pues, que empezaba ya a estar tranquila, comenzaba a creer firmemente que yo iba a dejarla *así*. «Yo creía que usted, sencillamente, me iba a dejar *así*.» ¡Esto era lo que me había dicho el martes! ¡Oh, pensamiento de una niña de diez años! Y realmente lo creía, creía que en verdad todo iba a quedar *así,* ella ante su mesa y yo ante la mía, hasta los sesenta años. Y de pronto, me acerco: soy el marido. ¡Y el marido necesita amor! ¡Oh, incomprensión y ceguera mías!

Fue también un error el que la contemplara entusiasmado. Habría tenido que contenerme, mi entusiasmo la asustó. Aunque me dominé y no volví a besarle los pies. Ni una vez di señales de que..., en fin, de que era el marido. ¡Ni en sueños se me ocurrió esto, yo no hacía más que rezar! ¡Pero era imposible callar completamente, era imposible no decir nada! Le dije que su conversación me encantaba, que la encontraba incomparablemente más instruida y educada que yo. Se sonrojó y se turbó mucho. Dijo que yo exageraba. Entonces, por tontería, sin contenerme, le conté cuál había sido mi entusiasmo cuando desde detrás de aquella puerta fui testigo de su contienda, del duelo entre la inocencia y aquel sapo, y le expliqué el gran contento que me produjo su inteligencia, el brillo de su ingenio sin perder nada de su sencillez infantil. Ella pareció sufrir como una sacudida, balbuceó de nuevo que yo exageraba, pero de pronto se le ensombreció el rostro, se cubrió la cara con las manos y prorrumpió en llanto... Entonces no logré contenerme: otra vez caí de rodillas ante ella, de nuevo me puse a besarle los pies y otra vez sufrió un ataque, como el martes. Esto fue ayer por la tarde, y por la mañana...

Estoy loco; por la mañana ha sido hoy, no hace más que un poco, muy poco.

Escuchen y traten de comprender. Cuando nos hemos reunido hoy para tomar el té (después del ataque de ayer), incluso me ha sorprendido su calma. Durante toda la noche he estado temblando de miedo por lo de ayer. De improviso se me acerca, se queda frente a mí, cruzada de brazos (¡hace muy poco, muy poco!), empieza a decirme que es una criminal, que lo sabe, que su crimen la ha atormentado durante todo el invierno, y que también ahora la está atormentando... que tiene en alta estima mi generosidad... «seré su esposa fiel, le respetaré...». En este momento me he puesto en pie y la he estrechado en los brazos, como enajenado. La he besado, he besado su cara, sus labios, como marido, por primera vez después de larga separación. ¿Por qué habré salido luego por dos únicas horas... a gestionar nuestros pasaportes para salir al extranjero?... ¡Oh, Dios mío! ¿Por qué no he venido cinco minutos antes, cinco?... Ese tropel de gente ante nuestra puerta, esos ojos que me miraban... ¡Oh, Dios mío!

Lukeria dice (ahora por nada del mundo la dejaré marchar, pues ha estado durante el invierno y lo sabe todo, me lo contará todo) que cuando yo he salido de casa, tan sólo unos veinte minutos antes de mi regreso, entró en nuestra habitación, donde se hallaba la señora, para preguntarle algo, no recuerdo qué, y vio que esta había sacado su imagen sagrada (aquel icono de la santa Virgen) y la tenía sobre la mesa. Parecía que la señora acababa de rezar ante esa imagen. «¿Qué le pasa, señora?» «Nada, Lukeria, sal.» «Espera, Lukeria.» Se acercó y la besó. «¿Es usted feliz, señora?», le preguntó. «Sí, Lukeria.» «Hace tiempo, señora, que el señor tenía que haberle pedido perdón... Gracias a Dios que han hecho las paces.» «Está bien,

Lukeria, vete, Lukeria», y se sonrió de una manera un poco extraña. Tanto que Lukeria, a los diez minutos, volvió para verla. «Estaba de pie, junto a la ventana, con las manos en la pared y la cabeza apoyada en las manos. Permanecía en esa posición pensando, tan ensimismada en sus pensamientos, que ni se dio cuenta de que yo la miraba. Veo que se ríe; está de pie, piensa y se sonríe. La he mirado, he dado la vuelta sin hacer ruido y me he retirado sin decir una palabra; enseguida he oído abrir la ventana y he vuelto para decir: "Hace fresco, señora, no se resfríe", pero veo que se ha subido a la ventana abierta, que está de pie, de espaldas a mí y con el icono en las manos. El corazón me ha dado un vuelco y grito: "¡Señora, señora!". Me ha oído, ha hecho un movimiento como para volverse hacia mí, pero no se ha vuelto, y apretando la santa Virgen contra el pecho se ha arrojado a la calle.»

Recuerdo sólo que cuando he llegado a la puerta ella aún tenía el cuerpo tibio. Todos me han mirado. Al principio gritaban, y luego, de repente, se han callado, se apartan de mí... y ella yacía con la imagen sagrada. Recuerdo, como en tinieblas, que me he acercado en silencio y he permanecido largo rato contemplándola. Todos me han rodeado diciéndome algo. Lukeria estaba presente y yo no la he visto. Dice que ha hablado conmigo. Sólo recuerdo a un señor que me decía gritando: «Ha echado una bocanada de sangre, una bocanada», y me señalaba la sangre allí mismo, sobre la piedra. Me parece que la he tocado con el dedo, me he ensuciado el dedo y lo he contemplado (esto lo recuerdo) mientras ese señor seguía repitiendo: «Una bocanada, una bocanada».

–¿Qué es eso de una bocanada? –he exclamado, según dicen, con todas mis fuerzas, y levantando la mano me he arrojado contra él...

¡Oh, es algo salvaje, salvaje! ¡Es incomprensible! ¡Es inverosímil! ¡Es imposible!

IV

He llegado sólo cinco
minutos tarde

¿Acaso no es así? ¿Acaso es verosímil esto? ¿Puede decirse, por ventura, que esto es posible? ¿Por qué, para qué ha muerto esta mujer?

Créanme, lo comprendo, mas para qué ha muerto no deja de ser una incógnita. Asustada por mi amor, se ha preguntado con toda seriedad si debía aceptarlo o no, no ha soportado el dilema y ha preferido morir. Lo sé, lo sé, no hay por qué romperse la cabeza: ha hecho demasiadas promesas, ha tenido miedo de no poderlas cumplir, está claro. Hay sobre este particular algunas circunstancias verdaderamente horribles.

Pese a todo, la incógnita sigue en pie: ¿Para qué ha muerto? La pregunta me golpea en el cerebro. Yo la habría dejado sencillamente *así* de haberlo deseado ella. Pero ella no lo creía, ¡esta es la cuestión! No, no. Miento, no es esto. Es que conmigo había de ser honesta; de amarme, tenía que ser plenamente, y no como habría amado al tendero. Y como que ella era demasiado casta, demasiado limpia para darme un amor como el que el tendero necesitaba, no quiso engañarme. No quiso engañarme con medio amor o con un cuarto de amor, bajo la apariencia del amor pleno. ¡Ha sido muy honesta, eso es lo que ha ocurrido! Yo quería entonces infundirle grandeza de ánimo, ¿recuerdan ustedes? ¡Qué idea la mía!

Es muy raro: ¿me tenía respeto? ¿Me despreciaba? No creo que me despreciara. ¡Es muy extraño! ¿Por qué en todo el invierno no me vino a la cabeza la idea de que me despreciaba? Estaba firmemente convencido de lo contrario hasta el minuto en que me miró con *severa sorpresa*. Efectivamente, *severa*. Entonces comprendí enseguida que me despreciaba. ¡Lo comprendí nítidamente, para siempre! ¡Ah, que me hubiera despreciado, incluso toda la vida, pero que viviera, que viviera! Hace muy poco, aún caminaba, hablaba. ¡No puedo comprender de ningún modo por qué se ha arrojado por la ventana! ¿Y cómo habría podido suponerlo ni siquiera cinco minutos antes? He llamado a Lukeria. Ahora por nada del mundo la dejaré marchar, ¡por nada del mundo!

Aún habríamos podido entendernos. Nos habíamos desacostumbrado terriblemente uno del otro en el transcurso del invierno, pero ¿acaso no habríamos podido acostumbrarnos de nuevo? ¿Por qué, por qué no íbamos a coincidir y a empezar otra vez una nueva vida? Yo soy magnánimo, ella también lo era. ¡Ya existía, pues, un punto de coincidencia! Unas palabras más, dos días a lo sumo, y ella lo habría comprendido todo.

Lo grave, lo irritante es que todo se debe a un hecho fortuito, a una casualidad simple, bárbara e insólita. ¡Esto es lo exasperante! He llegado cinco minutos tarde, ¡nada más que cinco minutos! De haber llegado cinco minutos antes, aquel instante habría pasado fugaz, como una nube, y a ella nunca se le habría ocurrido otra vez. Habría terminado comprendiéndolo todo. Ahora de nuevo las habitaciones vacías, otra vez solo. El péndulo del reloj deja oír su acompasado tictac, nada le importa lo ocurrido, de nada tiene compasión. No hay nadie, ¡esta es la tragedia!

En ninguna parte encuentro sosiego. Ya lo sé, ya lo sé, no me lo digan: ¿les parece ridículo que me lamente de la casualidad y de cinco minutos? Sin embargo, es la evidencia pura. Piensen en una cosa: ni siquiera ha dejado una notita por el estilo de «no culpen a nadie de mi muerte», como todos dejan. No se le ha ocurrido pensar que podrían molestar a Lukeria con el argumento de que «estabas sola con ella y la empujaste». Por lo menos la habrían encartado sin culpa, de no haber habido cuatro personas que desde el patio y desde otras ventanas vieron cómo la señora se arrojaba a la calle con el icono en las manos. También es una casualidad el que estas cuatro personas lo vieran. No, esto es sólo un instante de inconsciencia. ¡Un impulso súbito y una ráfaga de fantasía! ¿Qué más da que estuviera rezando ante la imagen sagrada? Esto no significa que lo hiciera antes de la muerte. Todos los instantes duraron, quizás, unos diez minutos; la decisión, los momentos en que estuvo de pie junto a la pared apoyando la cabeza en las manos y sonriéndose. Le voló por la cabeza una idea, se sintió arrebatada por ella y no pudo resistirla.

He aquí una incomprensión manifiesta, digan lo que digan. Conmigo aún podía vivir. ¿Y si se tratara de anemia? ¿Si se debiera todo a la anemia, al agotamiento de la energía vital? Estaba agotada por el invierno, esto es lo que pasó...

¡He llegado tarde!

¡Qué delgada parece en el ataúd, qué afilada la naricita! Tiene las pestañas como flechas. Ha caído sin romperse nada, sin estropearse. Sólo esa «bocanada de sangre». Es decir, una cucharadita. Tuvo una conmoción interna. Se me ocurre una idea rara: ¿si fuera posible no enterrarla? Porque si se la llevan, entonces... ¡Oh, no, es casi imposible! Claro, sé que han de llevársela, no estoy loco ni deliro. Al contrario, nunca me había sentido tan lúcido de entendimiento; pero cómo puedo encontrar otra vez la casa sin nadie, otra vez dos habitaciones y yo solo con las prendas empeñadas. ¡Un delirio, un delirio! ¡Eso sí es delirar! ¡Sencillamente, la he abrumado!

¿Qué me importan ahora vuestras leyes? ¿Para qué quiero vuestras tradiciones, vuestras costumbres, vuestra vida, vuestro Estado y vuestra fe? Que me juzgue vuestro juez, que me lleven ante vuestro tribunal, ante vuestro tribunal público, y diré que no reconozco nada. El juez gritará: «¡Cállate, oficial!», mas yo le replicaré: «¿Dónde tienes la fuerza que ha de obligarme a obedecer? ¿Por qué la incomprensión tenebrosa me ha destrozado lo que más quería? ¿Qué me importan ahora vuestras leyes? Yo me desentiendo». ¡Oh, todo me da lo mismo!

¡Está ciega, ciega! ¡Está muerta, no oye! No sabes qué paraíso te habría ofrendado. ¡El paraíso estaba en mi alma y lo habría plantado a tu alrededor! No me habrías amado, bueno, ¿qué más da? Todo habría quedado *así*. Con que me hubieras hablado como a un amigo, me conformaba; nos habríamos alegrado y reído mirándonos mutuamente a los ojos. Así habríamos vivido. Y si hubiera amado a otro, ¡bueno, qué importa! Te habrías ido con él, te habrías reído y yo habría mirado desde el otro lado de la calle... ¡Lo que sea, pero que abra, aunque sea una sola vez, los ojos! ¡Por un instante, sólo por un instante! ¡Que me mire como hace tan poco, cuando me juraba que me sería fiel! ¡En una sola mirada lo comprendería todo!

¡La incomprensión! ¡Oh, naturaleza! En toda la tierra los hombres están solos, ¡esta es la tragedia! «¿Hay en el campo un hombre vivo?», grita el paladín ruso. Lo grito yo, sin ser el paladín, y nadie me responde. Dicen que el sol vivifica el universo. El sol sale, mírenlo, ¿no es acaso un cadáver? Todo está muerto, en todas partes se ven cadáveres. No hay más que gente, y en torno a ella, silencio. ¡Esta es la tierra! «Amaos los unos a los otros.» ¿Quién lo dijo? ¿De quién es el legado? El péndulo da sus golpes insensible; es repugnante. Son las dos de la madrugada. Sus zapatitos están junto a la cama, como si la esperaran... En serio, cuando mañana se la lleven, ¿qué va a ser de mí?